episode. 09

Eine Einladung des Imperiums

Inhalt

Charaktere

Sena (Sena Shirai)

In ihrem vorherigen Leben stirbt sie im Alter von achtzehn Jahren bei einem Verkehrsunfall, wird wiedergeboren und ist jetzt zum zweiten Mal achtzehn. Obwohl sie eine Hikikomori-Hexe war, die nur die Zauber »Explodiere« und »Geh zugrunde« beherrscht, sind nun die Kräfte als »Ruferin der Drachen« in ihr erwacht.

Keith

Der sechste Prinz des Königreichs Veclal. Er wuchs als uneheliches Kind in einem bürgerlichen Umfeld auf, wurde später aber als Prinz zurückbeordert. Da er früh selbstständig sein musste, kommt er mit seinen sechzehn Jahren unglaublich gut im Leben zurecht. In der Zauberei liegen seine Stärken in den Elementen des Windes und des Wassers.

Lishcal

Der Winddrachenkönig, der auf dem Berg Ludo haust. Da er sich nach der Ruferin sehnt, versucht er Sena als seine Gefährtin zu empfangen.

Gart

Kommandant der Atira-Ritter, die Keiths Befehl unterstehen. Trotz seines grimmigen Aussehens und seines groben Benehmens ist keiner Keith so treu ergeben wie er.

Jorma

Kommandant der ersten Einheit der Atira-Ritter. Er ist voller Wissbegier, zu jedem freundlich und sorgt für gute Stimmung.

Tiberio

Kommandant der zweiten Einheit der Atira-Ritter und ein gelassener Zauberer, der auch höhere Magie mühelos beherrscht.

Was bisher geschah

Sena begegnet Keith und reist mit ihm durch die für sie fremde Welt. Als sie in der königlichen Hauptstadt haltmachen, wird Sena vom neuen Winddrachenkönig Lishcal entführt. Von ihm erfährt sie, dass sie »die Ruferin der Drachen« ist, die einmal in mehreren Hundert Jahren erscheint. Lishcal lässt Sena zunächst wieder laufen, doch gleich darauf packt ihn die Raserei. Gemeinsam können Sena und Keith schließlich die Gefahr überwinden. Anschließend kehren sie in die königliche Hauptstadt Vecal zurück ...

Wir sind doch gerade erst nach Hause gekommen!!

W_ Wir sind verlobt _?

Aber wir haben doch gerade erst das Problem mit Lishcal geklärt ...

Ein Hurra auf Prinz Keith und die Ruferin!!

ちい Freu

Jetzt wird unser Land so richtig aufblühen!

ちい Freu

Freu ちい

Freu ちい

Was geht hier vor, Prinz Keith ...?

ちい Freu

ちい Freu

Ver-
lobung
?!

Keiths
Vater
...

Lins
† ‹⸗› ...

Ich
werde
tatsächlich
zum König
vorgelassen
...

Nun, Keith!

Danke, dass du deinen Auftrag erfüllt ...

... und Gulielm erfolgreich erledigt hast.

Er macht mir ein bisschen Angst ...

I...

Ich möchte etwas klären, Euer Majestät.

Und auch die Ruferin ...

... heißt unser Land willkommen.

...

...und nicht als Verlo...

Sena ist als weise Gelehrte hier...

Sowohl der Wald von Ludphala als auch die Stadt Manen gehören doch zum Königreich Veclal.

Es besteht doch also kein Zweifel daran, dass unser Land die Ruferin hervorgebracht hat.

...im Besitz der Ruferin befindet!

Nein, was ich sagen will ... Bitte hört auf zu verkünden, dass sich Veclal ...

...

...

...

...

Ich habe
...

...
Sena nicht hergebracht, um sie an diesen Ort zu fesseln!

Bitte unterlasst es, sie als politisches Werkzeug zu benutzen!

...!

Aber natürlich nicht.

Klack

Keith
...

...

Dann hat die Königin ...

... dieses Gerücht verbreitet ...?

...

Hi hi hi

deine teure Verlobte.

Schließlich ist sie doch ...

Was denn?

Stimmt es etwa nicht?

Wir haben die Verlobung groß bekannt gegeben und auf eure Rückkehr gewartet.

Oje, was nun?

Diese Nachricht ist selbst bis ins Ausland vorgedrungen.

Die
ein oder
andere
Verlobte
…

… solltest
du dir ruhig
zulegen.

Es wäre
eine Schande
für unser Königs-
haus, die Meldung
jetzt noch zu-
rückzuziehen.

Komm
…

… Sena!

Flapp

Das
ist alles,
was ich
…
… Euch zu
melden
habe, mein
König.

Seufz

はぁ

Bestimmt
war der ein
oder andere
Soldat dabei,
der unter
dem Einfluss
des Königs
steht –

Ge-
gen
Lish-
cal
...

... hat
sie es ja
auch or-
dentlich
krachen
lassen.

...
und der
König fand
es ratsam,
sie gleich
seiner Fami-
lie einzuver-
leiben.

Es gibt
kaum Infor-
mationen
über die
Ruferin
...

...

Diese
Gerüchte
werden
bleiben
...

Dass die
Königin ein
Auge auf sie
geworfen hat,
lässt Probleme
erwarten
...

Tut mir
leid
...

...
Sena.

Was
...?

Was sind
deine
Pläne
...?

Meine
Pläne
...?

Flapp

...
wird es ganz
sicher auch andere
außer uns geben,
die dich für ihre
Zwecke ausnutzen
wollen, Sena.

Selbst
wenn du in
deinen Wald
zurück-
gehst
...

Es tut
mir wirklich
leid ...

Warum »außer uns« ...?
Ich fühle mich von dir gar nicht ausgenutzt, Keith!
Trotzdem sind wir dabei, dich zu vereinnahmen.
Ich will nicht ...
... dass du in die Politik mit hineingezogen wirst.
...
Du hast mich ...
... aus dem Wald herausgeholt ...
... und bist bei mir geblieben, als ich nicht wusste, wie ich mit meiner neuen Rolle als Ruferin ...
... umgehen sollte.
Dafür bin ich dir sehr dankbar.

Lächel

... nicht den Kopf zu zerbrechen, ob du mich ausnutzt oder nicht.

Und da ich sowieso nicht weiß, wie ich alleine klarkommen soll ...

... brauchst du dir ...

Nicht zu fassen ...

?

...

Ein Mädchen von heute, das die Angelegenheit ziemlich kaltlässt.

Und das mit der Verlobung ...

... geht für dich in Ordnung?

Wenn ich dich so sehe ...

... ist auch meine Wut verflogen.

Puh_

... war mir ohnehin unangenehm. Ich kam mir so nutzlos vor.

Ha ha ha!

Als weise Gelehrte, die nichts kann, im Schloss zu wohnen ...

Ach so ...

Soso ...

Und solange Keith sagt, dass wir gar nicht verlobt sind, ist es doch nur ein Gerücht.

Kannst du mit mir zum Übungsplatz für Magie gehen?

Jetzt vergiss mal dieses Thema, Keith!

... wegen der Verlobung Gedanken macht?!

Bin ich etwa der Einzige, der sich ...

Ja!

Kann ich machen!!

»Jetzt vergiss mal dieses Thema« ...?!

B...

Bröckel

Bröckel

...

Dieses
»Singen«
...

...
kam dem
»Sprechen«
extrem
nahe.

...

...
weder
den Alltags-
noch den
Elementar-
zauber.

Du be-
herrschst
noch
immer
...

Ein Geist
lässt sich
auch nicht
blicken
...

Du verfügst
nur über den
Himmels-
zauber.

Der Himmel
verleiht wohl
keine zwei
Kräfte
gleich-
zeitig.

Oder
zumindest
den Alltags-
zauber –

...
hab gedacht, ich
könnte jetzt alle
sieben Elementar-
zauber anwenden.

Und
ich
...

Hah

Hmm
...

Warum
nur~?

Na
ja
...

Um
genau
zu sein
...

... will ich
mich *ab
jetzt* damit
beschäf-
tigen.

Es
ist so
...

...

Hör
mal.

Das Zaubern
scheint dich
ganz schön zu
beschäftigen.

...
und hart
trainie-
ren.

Ich möch-
te nämlich
nichts falsch
machen.

...
möchte
ich sie
gründlich
studieren
...

Sollte ich
tatsächlich
über große
Kräfte ver-
fügen
...

Auf dem
Kontinent
Gleciaz
...

...
gibt es
so viele
Drachen-
könige
...

Als ich hier
zum ersten
Mal einem
Drachen be-
gegnet bin
...

Die Kraft
der Ruferin
...

...
gibt mir
Macht
über die
Drachen.

...
war er
so riesig
...

...
stark
...

...
wie es
Elemente
gibt, also
sieben.

...
und furcht-
erregend.

Obwohl das Königreich Veclal es nicht geschafft hat ... diesen Drachen zu besiegen, hat es alles Mögliche versucht.

Und das Königreich Zanal hat erst gar keine Chancen gegen den Drachen gesehen ...

... ihn angebetet und versucht, ihn für seine Zwecke zu nutzen.

Dass Lishcal vernunftbegabt ist, war reiner Zufall.

Aber in jedem Fall bleibt der Drache mit seiner ultimativen Kraft ...

Bei anderen Drachenkönigen könnte es ganz anders aussehen.

... ein Wesen, das überall Angst und Schrecken verbreitet.

Stimmt
...

Neulich.

Magst du's
noch mal so
versuchen, wie
wir neulich
gestanden
haben?

!!

Wie wir
standen,
hat sicher
keine Rolle
gespielt!!

Nein!

Wie du
meinst.

So! Dann
vergessen wir
mal *die* Zauber,
die du sowieso
nicht nutzen
kannst.

Lass es uns
mit dem Singen
von »Explodiere«
versuchen!

Slip

»Um den jungen König zu erwecken« erweckt deinen wohl nicht ...

... also denk dir was anderes aus.

Was?!

Dann liegt es wohl am Beschwörungstext.

Freu

わ！！

Freu

わ！！

Neulich hast du's doch geschafft!

Das war eine spontane Eingebung!!

Warum fällt dir jetzt nichts ein?!

Bitte verlange kein Gedicht von mir!!

Ich
bin ein
Soldat des
Imperiums
Fondona
...

Lärm

...
und über-
bringe eine
Nachricht mei-
nes Kaisers
Isaac!

Lärm

Öffnet
das Tor
!!

...
ein Brief aus Fondona!

Das ist doch ...

??

Warum wurden wir herbestellt ...?

Und das so plötzlich –

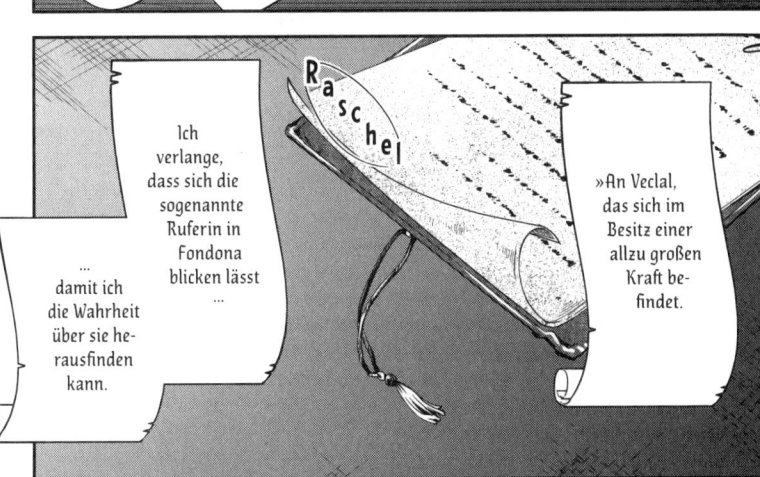

RascheI

Ich verlange, dass sich die sogenannte Ruferin in Fondona blicken lässt ...

»An Veclal, das sich im Besitz einer allzu großen Kraft befindet.

...
damit ich die Wahrheit über sie herausfinden kann.

...
und das ganze Land binnen zehn Tagen in Flammen aufgehen lassen.

...
und es angreifen ...

Falls nicht, werde ich Veclal auf der Stelle den Krieg erklären ...

Sowohl die Feuerdrachen als auch der Herrscher sind von ungeduldiger Natur.

Eine zweite Aufforderung wird es nicht geben.

Isaac, Kaiser des Imperiums Fondona«

Kabonk

...

Du konntest es ja nicht lassen, die Großmächte zu provozieren ...!

Ich glaubte, so würden die Großmächte erkennen, mit wem sie es zu tun haben.

... wenn wir die Ruferin Lishcal auf sie hetzen lassen.

Ich hatte erwartet, sie werfen sich uns zu Füßen ...

Was ...?!

... auch noch das Imperium Fondona.

Ausgerechnet ...

So etwas hat er geplant ...?!

...

Das mächtigste Land auf dem Kontinent Gleciaz!

... mit den Vulkanen?

Das Imperium Fondona ist das ...

Oder?

Wir haben unsere Karten zu früh ausgespielt.

Ja.

Bis jetzt hab ich nur von diesem Land gehört und nicht gedacht, dass es mich in irgendeiner Weise betrifft.

Ich hatte immer genug mit mir selbst zu tun ...

... und nur ein ganz normales Leben geführt.

Daher hab ich auch nie einen Gedanken ...

... an dieses Nachbarland verschwendet ...

... zu dem wir kaum Beziehungen unterhalten.

Er lässt sich nicht einmal in einen anderen Raum führen.

Er wartet noch immer im Audienzsaal.

Das könnte schwierig werden.

Haltet den Boten hin! Wir müssen Zeit gewinnen!

Wenn wir nicht sofort antworten ...

... wird dieser Kaiser ...

Die Südwestgrenze von Veclal

Stampf

Stampf

Stampf

Die Riesenmauer des Imperiums Fondona

Mein neues Leben als

HEXE

in einer fremden Welt

episode. 10

Die heilige Ruferin

Die Vulkane sind ein fester Bestandteil ...

... des Imperiums Fondona.

Alle Gebäude sind aus Stein ...

Rat

tat tat tat tat

tatta

Normalerweise leben die Drachen ...

... in den unverletzlichen Grenzregionen.

Die Winddrachen etwa leben auf dem Berg Ludo, der sich zwischen dem Königreich Veclal ...

... und dem Königreich Zanal erhebt.

... auf der Mauer postiert, die rund um das Land errichtet wurde.

... hat eine große Anzahl Feuerdrachen ...

Aber das Imperium Fondana ...

Zur Zeit des letzten Kaisers soll das imperiale Territorium Fondonas ...

Die Feuerdrachen dienen als Waffe.

Sie unterstehen Kaiser Isaac ...

... kleiner gewesen sein als das Land, das die heutige Mauer umfasst.

... der der »oberste Gebieter« genannt wird.

Doch ...

... soll gleich nach seiner Thronbesteigung das Territorium vergrößert haben.

... der ehrgeizige Isaac, der in den Kriegskünsten bewandert ist ...

... hat man mir vor unserer Abreise erzählt.

All das ...

キラ... Lins

Klirr

Womm

Knarz

Sena!

Er verlangt doch nichts weiter, als dass du ihn besuchst.

... wie du es mit Lish-cal getan hast.

Wenn du die Ruferin bist ... müsstest du doch die Feuerdrachen bezirzen können ...

Geh zu ihm, wenn du dich um deine Hei-mat sorgst!

Tschick

Wir verlangen nicht, dass du allein gehst.

Die Atira-Ritter sollen dich be-gleiten!

Wenn ich nicht gehe ...

wird dieses Land in einen Krieg hinein-gezogen.

Shhhhh
Ratter
Ratter
Sind wir …
… angekommen?
Poch
Das ist also …
Flapp

...die heilige Botin des Himmels.

Ich bin ...

...die die Drachen beherrscht.

Die Ruferin ...

Du bist ...

...die Ru-ferin?

Krrrrrsch

...

Du kämpfst ziemlich gut!

Ihr beliebt zu scherzen!

Willst du nicht nach Fondona wechseln?

Schwing

Sie braucht keine Ritter zu ihrem Schutz!

Ich habe nur die Ruferin hierherbestellt.

Aber wenn ihr bei dieser Gelegenheit einen Krieg vom Zaun brechen möchtet ...

... sieht die Sache natürlich anders aus.

Ver- zeiht ...

Klack

... um die ehrenwerte Ruferin sicher zu geleiten.

... aber wir sind dazu da ...

... damit wir sie ...

... bei ihrer Rückreise wieder beschützen können.

Bitte erlaubt uns, vor dem Schloss unser Lager aufzuschlagen ...

Hm!

Tut, was ihr nicht lassen könnt!

Shhh

ヲ
ガ Ratter
ガ
ヲ
Ratter

ボソ

Tuschel

Macht nicht so ein Gesicht, mein Fräulein.

Es läuft doch alles nach Plan.

Klack

...

Oje ... Ich fühle mich total beschützt ...

S... Stimmt ...

... wäre auch ich weggeschickt worden.

Wenn ich Euch als Leibwache begleitet hätte ...

...aber irgend-wie...

...stehen ihm die Sachen zu gut und er ist viel zu hübsch, oder?!

※ Keith

Huch! Euer Haar, mein Fräulein!

Aber wieso sieht Keith selbst in diesem Aufzug wie er selbst aus ...?

Hinweis:
Die Mutti

Nick
Nick

Ich befürchte, dass du dich viel zu leicht einwickeln lässt
...

... also sag am besten nichts Unnötiges.

Dein Name ist Sena, nicht wahr, Ruferin?

Endlich sind wir ungestört!

So
...

Knarz

Patamm

Flapp

Eine von Natur aus hohe Stimme.

Wenn Ihr sie zu lange anschaut ...

... aber die ehrenwerte Ruferin ...

... ist noch jung und unschuldig.

Bitte verzeiht mir die Bemerkung ...

Sst

So ein reiner Engel soll ich sein ?!

... spielt ihr Herz verrückt ...

... und sie stirbt!

Hier ist sie!

Zuck

Bitte sehr!

Zuck

... die ehrenwerte Ruferin sehen!

Euer Majestät wolltet doch ...

...

Ha ha
..!

Dürfen
...

wir uns
zurück-
ziehen?

Das
Fräulein ist
erschöpft!

A...

Aber
...

...
ich
habe
...

...
nicht
...

Ich hab
doch gesagt,
dass ich heraus-
finden werde
...

...
ob die
Ruferin
...

...
echt ist
...

...
und über
welche
Kräfte sie
verfügt!

Raschel

Zumindest das schwarze Haar scheint echt zu sein ...

Nun ... Es gibt einen einfachen Weg ...

... und den Kräften, die in dir stecken ...

Doch was ...

... ist mit den Augen ...

Oh!
!!
Klacker
Hey, Zofe!
Sieht so aus, als würdest du normalerweise mit einem schlanken Langschwert kämpfen.
Auf diese Distanz würde dich dein Gegner erwischen.

Also bleib dran!

Slip

Aber du kämpfst gar nicht schlecht!

Ich habe keine Ahnung, wovon Ihr da redet ...

Nach dem Aufwachen stehen dem Fräulein immer die Haare ab ...

... und sie so hinzube- kommen, war schon ziemlich aufwendig!

Aber ...

... wie auch immer!

Also fasst sie bitte nicht einfach so an!

Das klingt nach viel Arbeit ...

Zudem ...

... geht sie nur sehr selten aus und ist die Gesellschaft von Herren nicht gewöhnt!

Auch gegenüber Wind, Regen und Luftdruckschwankungen ist sie äußerst empfindlich. Dann leidet sie und muss das Bett hüten!

Also denkt bitte daran und behandelt sie mit größter Vorsicht!!

Sie ist eine zarte und schwächliche junge Dame!

Keith!!

Ist von jedem Wort getroffen.

Flapp

Was für eine nervige Zofe!

Sie hat mir den Spaß verdorben!

S...

Sagt uns bitte, wie lange das dauern wird.

... wirklich die Ruferin ist!

Ihr bleibt hier, bis ich herausgefunden habe, ob Sena ...

Euer Schlafgemach befindet sich im Westturm.

... als hierzubleiben, da ihre Heimat in Flammen steht.

Dann bleibt der Ruferin nichts anderes übrig ...

Gib mir keine Befehle!

Aber ...

... werde ich auf der Stelle in Veclal einmarschieren.

Wenn ihr beide euch davonmachen solltet ...

Wollt Ihr etwa

...

den Feuerdrachen den Befehl dazu geben ...?!

...

Interessiert dich das Thema ...?

Stimmt ...

Du bist ja die Ruferin!

Du wirst schon bald den Feuerdrachenkönig ...

... Gideon kennenlernen.

Flapp

Klack

...

... ist er der menschlichen Tyrannei unterworfen?

Obwohl er mächtig genug ist, um die Feuergeister zu beherrschen ...

Gideon ...

Wenn ja, würde ich gerne wissen, weshalb.

Der Name des Drachenkönigs, der hier lebt ...

... wenn du sie triffst.

Viel- leicht ... findest du mehr heraus ...

...

Ver- mutlich ...

Mein neues Leben als HEXE in einer fremden Welt

**Kurz vor dem Besuch
im Schloss Fondona**

Kleider wie eine Heilige zu tragen ...

... ist schon ein wenig aufregend ...!!

Du hast ja echt die Ruhe weg.

Poch Poch

Poch

episode. 11

Der Feuerdrachenkönig

Tschilp

Tschilp

Tschilp

... konnte ich überhaupt nicht schlafen ...

Trotz des prächtigen Betts ...

Press

Wie viele ...

... Sonnenaufgänge werde ich in Fondona noch erleben ...?

Mein Fräulein!

... und werde von schlimmen Visionen verfolgt.

Sobald ich die Augen zumache ...

... sehe ich ein Meer aus Flammen oder Krieg ...

... könntet Ihr ruhig ein etwas fröhlicheres Gesicht machen.

Bei diesem schönen Gemach, das man Euch gegeben hat ...

Tja ...

Grins

Ist doch gar nicht mal so schlecht, den Feind so unverhohlen ...

... auskundschaften zu können.

Warum hast du dich hier so gut eingelebt, Keith ...?

Wir sind doch schließlich keine Geiseln!

Er hat uns nur ein bisschen eingeschüchtert.

Ich bin geblendet von seiner positiven Einstellung.

Strahl

Patt

Bitte schlaft Euch in Ruhe aus.

Slip

Ihr wollt doch nicht, dass Euer Haar seinen Glanz verliert.

Slip

Zum Trübsalblasen ist es noch viel zu früh!

Auch im Feindesland ...

... werde ich Euch zur Seite stehen.

So!

Was ...

Flapp

...

Also echt ...

88

... möchtet
Ihr heute
anziehen?

Mein
Vorschlag
wäre
dieses
Kleid!

...
Dem
macht
das
...
richtig
Spaß!

Flapp

Slip
スル

Wir wollen uns nicht aufdrängen.

Wir befolgen nur die Befehle Seiner Majestät.

W...

Und wir sollen Euch auch erklären, wie es hier im Schloss zugeht.

Es ist besser, wenn wir uns die Arbeit aufteilen ...

G... Ganz genau!

Und das Gästezimmer ist sehr groß!

... nicht nötig!

Das ist ...

... werde ich keine anderen Arbeiten in diesem Schloss verrichten!

Damit das klar ist.

Außerdem ...

A...

Wenn es ein Anliegen bezüglich des Fräuleins gibt, wendet Euch bitte an mich!

Der Wäscheberg in der Wäschekammer ...

... ist komplett gewaschen!

Etwas Unglaubliches ist passiert!

Tapp

Tapp

Als Neuankömmling solltet Ihr Euch nicht so auf spielen!

Aber wir können hier jede Hilfe brauchen!

Tapp

?!

Seht mal ...

S... Oh!

Funkel

Funkel

War dieser Flur ... schon immer so sauber ...?

Funkel

Schließlich wird er von meinem Fräulein benutzt!

Hä hä!

Auf Anfrage rühr ich keinen Finger ...

... aber der Anblick war einfach unerträglich!

Für jeman-
den, der der
Ruferin dient,
ist das eine
...

...
Ihr seid
doch gerade
erst ange-
kommen
?!

Aber
...

...
Selbst-
verständ-
lichkeit!

Und so
...

...
hatte er im
Handumdrehen
die Kammer-
frauen des
Schlosses für
sich einge-
nommen.

Wir würden
gerne von
Euch lernen!!

W...

Ha
ha!

Sst

Ich bekomm's nicht richtig gewickelt

Huch ...?

Danke ...

Weil Keith so stark ist ...

Oh!

Gib her! Übernimm dich nicht!

Was muss ich tun, um Isaac zu beweisen ...

... dass ich die echte Ruferin bin?

Keith ...

... lass ich mich mich dauernd ...

... von ihm bemuttern.

Und wenn ich gar nicht über besondere Kräfte verfüge ...?

Was soll ich tun, wenn er nicht einsehen will, dass ich die echte Ruferin bin ...?

Meine Kräfte sind doch noch so unzuverlässig.

... damit wir schnell wieder von hier wegkönnen?

Was muss ich tun ...

Deine Kräfte als Ruferin sind echt!

Ich hab sie doch selbst gesehen!

Darüber hast du dir Sorgen gemacht?

... dich als *echte Ruferin* erkennen, wenn du ihn triffst.

Bist du ... sicher ...?

... wird bestimmt auch der Feuerdrache ... dieser Gideon ...

... Lishcal selbst aus der Ferne gespürt hat ....

Und wenn dich ...

Mhm!

Fertig!

Wupp

Ich glaube ...

Uff ...!

... du hast recht.

Zerbrich dir nicht so sehr den Kopf!

Die Tür ist nicht verriegelt ...

Das hier ist zwar keine Reise zum Vergnügen ...

... und er hat uns nicht verboten, hier herumzuspazieren.

... aber vielleicht hat das Fräulein Lust, ein paar neue Eindrücke zu sammeln?

Kicher

Gern
...!

Shhh

Tschilp
Tschilp Tschilp

Ha
ha
ha!

Das
ist
doch
...

Oh!

98

Ihre Zofe ... ... aber auch.

Hi hi hi!

Die ist aber schön ...

... die Ruferin!

Wosch

!!

Was macht ihr da?

Wir bitten vielmals um Verzeihung ...!

Tapp

Tapp

W...

Tapp

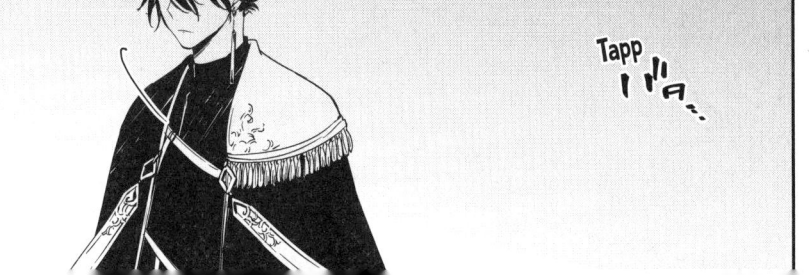

Tapp

...

Wie weitläufig mag er wohl sein?

Lass uns bis nach hinten durchgehen!

...

Im Garten komme ich besser zur Ruhe als im Gästezimmer!

Tapp Tapp

K...

Deine Zofe hat sich kein bisschen verändert.

Ich hab ihre Mordlust gespürt.

Kann ich irgendetwas für Euch tun ...?

Gideon ist so weit, dass ich dich ...

... zu ihm bringen kann.

GJ!!オォォォォォ...

Komm!

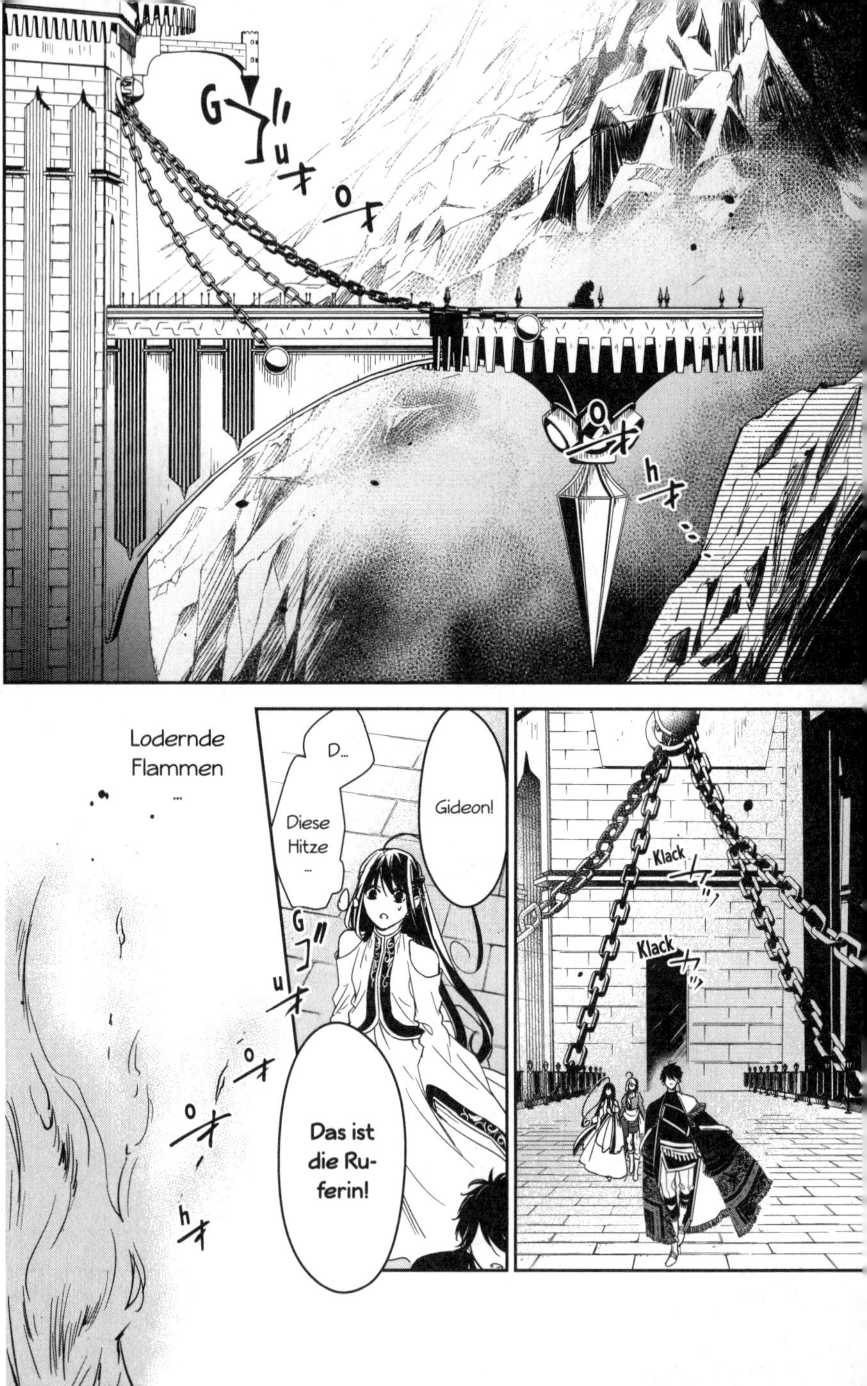

Lodernde
Flammen
...

D...

Diese
Hitze
...

Gideon!

Das ist
die Ru-
ferin!

Klack

Klack

Habt Ihr ihn angekettet, um ihn zu unterwerfen ...?

Wie gemein ...

Was für ein ...

... ungewöhnlicher Gegenstand!

Sie wurde mit der Kraft der Sieben Elemente geschaffen ...

... und ist unzerbrechlich.

Diese Kette ...

Klirr

... ist ein Magivice, der im Imperium Fondona von unseren Vorfahren überliefert wurde.

Gideon!

Ich er-
kenne,
dass er ein
König ist.

Erkennst
du, wer
er ist?

Und du,
Sena?

I...

Wie
könnt Ihr
ihn nur auf
diese Weise
hier fest-
halten?

Press
#!

Ich
spüre
nicht
einmal
Wut
...

Nur
...

...meine
Brust tut
so weh.

Dieses
Ding da
...

シャラ...

Klirr

Was willst du tun ... Sena?

Und ...?

Was wirst du tun?

Das kann ich Euch ...

... nicht verzeihen!

Du kannst mir nicht ... verzeihen?

Ausge-zeich-net!

114

Puh!

116

Der unbarm-
herzige Kaiser
Isaac, den sie den
»obersten Gebie-
ter« nennen
...

...
zwingt die
Drachen zum
Gehorsam?

...!

Bin
ich
...

Bis
jetzt
...

...
wollte ich
nur, dass
die Welt um
mich herum
friedlich ist
...

Fumm

...
wü-
tend
...

...
oder
trau-
rig?

...
und mich
selbst ver-
gewissern,
dass ich die
Ruferin bin.

Mein neues Leben als

HEXE

in einer fremden Welt

episode. 12

Geständnis um Mitternacht

Das
heißt
...

Ja
...

obwohl
das an sich
gar nicht
deine Art
ist?

du bist
wütend
auf Isaac
...

Ist
wohl
so
...

Ob
ich als
Ruferin
...

das Leid
eines Dra-
chen spü-
ren kann?

Oder
ist es
...

Ich hab
noch nie so
vor Wut ge-
schäumt
...

nur selbst-
verständlich,
dass ich als
Mensch so
empfinde
...?

...
wie
jetzt.

...
aber
...

...
zwischen
dir und dem
Drachen könnte
irgendeine Art
Band be-
stehen.

Auch
mir gefallen
Fondonas
Methoden
nicht
...

Im Augen-
blick ist es
mir wichtiger,
seine Ketten
zu lösen
...

...
als nach
Veclal zurück-
zukehren.

Ich
möchte
Gideon
befreien.

Ein
Band
...

Deine
Kraft, den
Drachen
den Weg
zu weisen
...

...
strebt
wohl nach
Frieden
zwischen
Drachen
...

...
und
Men-
schen.

Viel-
leicht hat
er nur nichts
gesagt
...

...
weil er
unter dem
Einfluss die-
ser Ketten
steht.

Sssst

Aber ...

... für mich sah Gideon so aus, als wäre er bei klarem Verstand.

Wie ?!

... wie ein Vogel!

Steig zum Himmel empor ...

Oh Wind! Verwandle dich in unsichtbare Schwingen!

War...

Schwupp

Wah
...!

Schweb

Schau!

Für meine Jagd auf Gulielm habe ich eine Menge gelernt.

スタ
"
Tapp

Guォ
ォ
h

Groarr
Wォ
オ
h

Lishcal befehligt dreißig Wind-drachen, die auf dem Berg Ludo leben.

Aber ...

... von den Feuerdrachen gibt es über fünfhundert Exemplare...

... und Gideon herrscht über sie alle!

Mit 220 Jahren wurde er zum Drachenkönig ...

Ich kann mir einfach nicht vorstellen, dass sich ein riesiger Drache, der selbst seine Artgenossen an körperlichen und geistigen Kräften überragt ...

... nach Belieben von einem Menschen lenken lässt.

... und heute, mit 300, befindet er sich in seiner aktiven Phase.

Ach so ...

* Der königliche Generationswechsel findet zwischen hundert und dreihundert Jahren nach der Erlangung des Königsstatus statt.

In diesem Land leben ...

Was suchst du?

Such
キョロ
キョロ
Such

... ganze fünfhundert von ihnen.

Ach so.

Feuerdrachen können nicht fliegen.

Na ja ...

Ich wollte schauen, ob am Himmel Drachen herumfliegen.

... und wer als Letzter steht, ist der Stärkere.

Wenn sie erst einmal zugebissen haben, lassen sie nicht wieder los ...

Ihr Talent ist der direkte Zweikampf.

... wenn ich ihm mein »Explodiere« und mein »Geh zugrunde« vorführe.

... erkennt er mich womöglich gar nicht als Ruferin an ...

Aber wenn er nichts von Magie versteht ...

Obwohl du und die Atira-Ritter es gemerkt haben.

Da Isaac nicht zaubern kann und stattdessen auf seine Schwertkünste setzt ...

Was ?!

... passen Feuerdrachen gut zu ihm.

...

Oh!

Jetzt, wo du's sagst ...

Hah

Doing

Das
ist der
einzige
Weg!

Dann
musst du
eben einen
neuen Zauber
erlernen
...

...
der Isaac
vom Hocker
haut!

Ich
...

Keith
...

Hörst du mir eigentlich zu, Keith?

... wann du die Zauber lernst.

Jetzt kommt es darauf an ...

Beim Himmelszauber müsste es genauso sein!

Für jedes Element gibt es zwischen hundert und fünfhundert Zauber.

... bekomme doch nicht einmal mehr das Singen auf die Reihe!

... während ich von meinen Lehrern zuerst die Beschwörungsart »Lesen« gelernt habe.

Seit ich im Palast bin, studiere ich die Elemente ...

Seit meinem fünften Lebensjahr hab ich die Alltagszauber durch Beobachtung erlernt.

Uh!

Und wo hast du dein »Explodiere« und »Geh zugrunde« gelernt, Sena?

Du bist echt krass.

Seit ich denken kann, hatte ich schon immer den Wunsch, Dinge explodieren zu lassen oder zu zerstören.

Dass ich schon in meinem vorherigen Leben die Welt verflucht habe, wird er mir bestimmt nicht glauben. Und er wäre **geschockt!!**

... ein Wunsch nach einem bestimmten Ereignis ...

... den die Geister erhört haben, so heißt es in den Überlieferungen.

Außerdem ...

... galt ich als von Natur aus eher düster.

Zauberei ist eigentlich ...

Auch, dass die gewaltigen Zauberbücher von diesem Verhältnis Zeugnis ablegen.

A...

Ach ja ...?

Und du, Sena ...

... trägst von Geburt an diese Kraft in dir.

Hast du ...

... auch andere Wünsche?

Krawomm

In der Schule gab's 'ne Riesenexplosion und du musst nicht hin!

Also weiterschlafen!

Ich hab die Welt für dich zerstört!

Ha ha ha ...

Oder was auch immer.

Etwas, das du unpraktisch findest?

... durch Zauberei äußern.

Solche, die sich nicht ...

Press

E...

...

So was
finde ich
ebenfalls
lästig.

Ja.

...
wenn ich
wütend oder
niederge-
schlagen
bin.

Es stört
mich, dass
ich hungrig
werde
...

Ach
ja
...

Und
...

...
sich ein Entschluss, den ich nachts fasse, bis zum nächsten Morgen in Luft aufgelöst hat.

...
ich mag es nicht, wenn ...

Ja
...

Und ich würde gern vorschlafen können
...

...
oder so.

Das könnten ziemlich gewöhnliche Zauber werden.

Meine Wünsche sind einfach zu rückwärtsgewandt.

Oh!

Hab ich denn keinen einzigen
...

...
richtig sinnvollen Wunsch?

Aha?

Dann könnte ich das später wieder abrufen und mich daran erfreuen.

Ich würde so etwas heimlich abspeichern, indem ich einfach nur die Augen schließe.

... schöne Dinge oder Momente in meinem Gedächtnis bewahren!

Ich würde gern besondere Landschaften ...

Aber ...

... den Einsatz soll deine Umgebung nicht mitbekommen, richtig ...?

Aus den Elementen Erde und Licht ließe sich vielleicht so ein Magicraft herstellen.

Also etwas ohne einen sichtbaren Effekt.

...
nicht
denken.

Doch seit ich aus
dem Wald raus bin,
hab ich so viele neue
Dinge gesehen ...

Vielleicht
sollte ich
das jetzt
...

...
die ich ein-
fach nicht ver-
gessen will.

Aber mit
so einem
Zauber
...

...
kannst
du bei Isaac
bestimmt kei-
nen Eindruck
schin...

...den
?

Klapp
ぱ
ち

Sena!

Swupp
すく

Es wird langsam recht kühl. Lass uns

...

...

rein-
gehen!

Oh
...

I... Ist
gut
...

...?

!!

!!

!!

Ha
ha
ha!

Und pass auf, dass Schultern, Beine und Bauch nicht kalt werden.

Und ...

J... Ja, ich weiß Bescheid.

Ich wecke dich morgen früh, also leg dich gleich schlafen.

Bumm

Bumm

Für einen kurzen Moment kam er mir eben komisch vor ... ... aber jetzt ist er so wie immer.

W... Wer ist da ...?

Sena!

Was ?!

Ich komm jetzt rein!

Ich bin's!

Das geht nicht !!

Trappel

Trappel

Trappel

Mo-
ment!

Wartet!

Waaaaaas
?!

!!

Versteck
dich!

Wawusch

Huch!

Du trägst
keine Perü-
cke und bist
keine Zofe!

Keith
!

... zu einer solchen Uhrzeit unaufgefordert hier hereinzukommen.

Klack

Klack

Bitte seht davon ab ...

Was ...

Ha!

... wollt Ihr?

Plumps

...

wird selbst die Ruferin zu einer Frau, die mir gehört.

In so einer Situation ...

Wupp

Was?! Nicht ...

...

wirst du es unter meinem Schutz sehr angenehm haben.

Wenn du in Fondona bleibst ...

Nein ...

... danke!!

N...

Will er mich etwa ...!!

Kabonk

ギリ
Klack

Zieh dich zu- rück ...

... Zofe!

Sonst bekommst du heute Nacht mein Schwert zu spüren!

Ich denk nicht dran ...

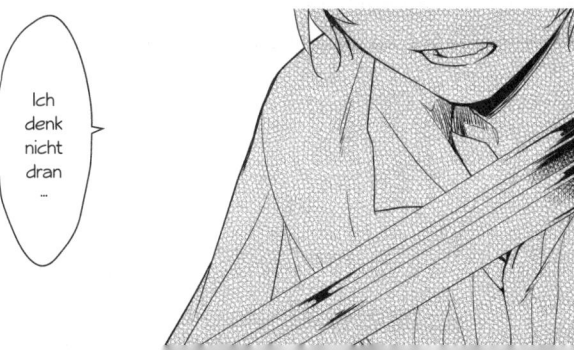

Wosch

Keith
...?!

Wenn Ihr Euren Willen mit Gewalt durchsetzen müsst
...

... habt Ihr's wohl bitter nötig!

Die Zofe der Ruferin ...

... ist jetzt Keith, der sechste Prinz von Vecial.

Nanu ?

Dann ... bist du gar keine Zofe?

Und ich bin Senas Verlobter!

Aber ... dein Titel ist mir egal!

Klank

Dann sind die Gerüchte also wahr.

Ver- stehe ...

Kratschonk
Keuch
Hng …
Gegen mich hast du keine Chance.
Gib auf!
Entweder töte ich dich und nehme mir Sena …
… oder du rennst nach Hause und machst eine erbärmliche Gestalt …
… sodass Sena bei mir Trost findet.

Hah ...

...!

...im Wald aufgewachsen und kennt sich mit Männern nicht aus.

Sena ist ...

Schwank

Keith!

Deswegen kann ich nicht zulassen, dass sie auf einmal das Vertrauen in die Welt verliert.

Ich will sie nämlich auf Händen tragen!

Und wirk-
lich jeder be-
ginnt mit einer
Verwirrungs-
taktik, bevor er
das Schwert
zieht.

Obwohl
ich nicht
zaubern
kann
...

Shhh

... hab ich
schon gegen
Hunderte
von Gegnern
gekämpft.

So viel
Einfalt
ist schon
erschre-
ckend.

Swobb

Wupp

Zau-
berei
...

... ist wie
ein prak-
tisches Werk-
zeug.

Krack

Ein
Schild
...

Ist
das ein
Magi-
craft
...?!

...!

Sena...

So ein Gesicht kannst du also auch machen.

Murmel

Mein Zorn wird immer größer.

Glüh

Glüh

Glüh

Interes-sant!

Se...
na
...?

...
Sena!

Dann
setz sie
doch mal
ein ...

Diese
Kräfte, die
den Drachen
den Weg wei-
sen sollen?

Mehr als einen Herrscher braucht es nicht.
Drachen sind nur ein Werkzeug.
Streck diesen einfältigen obersten Gebieter nieder!
Blitz
Explodiere!

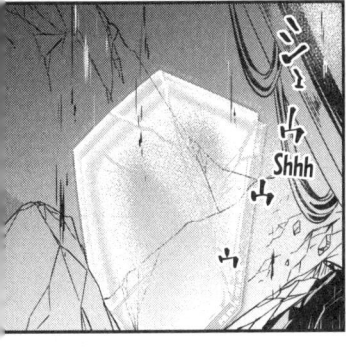

Bröckel

Bröckel

... sind die Kräfte ...

Das also ...

... der Ruferin Sena!

Mein neues Leben als Hexe in einer fremden Welt 3 / Ende

Mein neues Leben als

HEXE

in einer fremden Welt

Mein neues Leben als

HEXE

in einer fremden Welt

Outtakes 1

Outtakes 2

Vielen Dank, dass ihr Band 3 von *Mein neues Leben als Hexe in einer fremden Welt* zur Hand genommen habt. Weil der Hauptteil mit einem so ernsten Erzählverlauf punktet, habe ich mir lange den Kopf zerbrochen, ob ich für den Bonus am Ende des Bandes diese lockeren 4-Panel-Manga zeichnen kann, aber dann habe ich es doch getan.

Das mit dem Kopfzerbrechen war gelogen, tut mir leid. Und wenn die ernste Atmosphäre dadurch ruiniert wurde, tut es mir noch mal leid.

Obwohl ich ziemlich lange gebraucht habe, um den Fondona-Erzählstrang zu zeichnen, hatte ich großen Spaß. Dank des aufregenden Szenarios, der supercoolen 3-D-Hintergründe, den viel zu guten Assistenten und vielen anderen Menschen habe ich viel Spaß bei der Arbeit. Ich würde mich freuen, wenn auch meine Leser zumindest ein bisschen Spaß an diesem Manga haben!

Thanks

·Edit
Mein Redakteur

·Scenario
Frau Yuzuhara

·Design
Kawatani-Design

·3D works
Sakai von Thinkgear

·Assistants
Oono
Sugi
Moferi

Mein neues Leben als
HEXE
in einer fremden Welt

Isaac

Gideon

sora

Es taucht ein neuer Charakter auf!
Weil es ein Chara ist, den man gern
ein bisschen necken würde, juckt es
mich schon in den Fingern.

Tail Yuzuhara

Ein neuer Abschnitt hat begonnen!
Ein faszinierender neuer Charakter
taucht erstmals auf. Bitte schenkt
doch auch der wunderschönen
Kleidung eure Aufmerksamkeit.

Mein neues Leben als

HEXE

in einer fremden Welt

altraverse

Deutsche Ausgabe / German Edition
Altraverse GmbH – Hamburg 2021
Aus dem Japanischen von Sakura Ilgert

TENSEIMAJO WA HOROBI O TSUGERU Vol. 3
©Sora 2020
©Tail Yuzuhara 2020
First published in Japan in 2020 by KADOKAWA CORPORATION, Tokyo.
German translation rights arranged with KADOKAWA CORPORATION, Tokyo
through TUTTLE-MORI AGENCY, INC., Tokyo.

Redaktion: Joachim Kaps
Herstellung: Cathrin Hamester
Lettering: Vibrant Publishing Studio

Druck: CPI books GmbH, Leck
Printed in Germany

Alle deutschen Rechte vorbehalten.
ISBN 978-3-7539-0066-7
1. Auflage 2021

www.altraverse.de